밤의 요가

낮 동안 쌓인 스트레스를
가볍게 날려 보내는 시간

밤의 요가

산토시마 가오리 지음
최윤영 옮김

indigo

몸과 마음을 돌보는 시간을

가져볼까요?

이 책은 부드러운 밤의 요가에 관한 책입니다.

요가를 시작해보고 싶은 분이나

바빠서 자기만의 시간이 좀처럼 나지 않는 분,

회사일이나 학업, 육아로 애쓰고 있는 분에게

일상의 피로를 덜어내고 상쾌해질 수 있을 만한

이불 위에서 마음 편하게 할 수 있는 요가를 소개합니다.

저는 인연이 닿아 요가 선생을 하고 있지만

원래 운동신경이 그렇게 좋은 편은 아닙니다.

정확히 말하자면 침대에 누운 채로

좋아하는 책을 쌓아놓고 간식을 먹거나

친구와 시시껄렁한 수다를 나누며 보내는 시간이 좋습니다.

저는 어린아이 둘을 두고 있는 엄마입니다.

주변의 많은 도움을 받으며 일하고 있지요.

시간이 없는 와중에도 되도록 가족에게 따뜻한 사람이고 싶고

몸에 좋은 것을 먹이고 싶습니다.

아이들이 부모의 좋은 점만 흡수하고

나쁜 점은 이어받지 않기를 바라며

생활하고 있는 평범한 여성입니다.

바쁜 생활이 지나치면 마음에 여유가 사라져

짜증이 올라올 때도 있는데

그런 상황에서 쾌활한 첫째가 장난을 치면 "이놈" 하고

화를 내고 싶어지는 경우도 있어요.

그럴 때 이 책에 수록되어 있는

요가 자세를 취하며 심호흡을 하면 다시 평온해지곤 합니다.

훌륭한 요가 스튜디오에 가서

착실하게 수업에 참여하는 것도 대단한 일이겠지만,

그럴 시간조차 없을 만큼 바쁜 일상을 살아가고 있다면

잠들기 전, 잠깐의 시간을 이용해

한숨 돌리며 자신을 돌보는 시간을 가져보세요.

이 책의 사용법

마음이 안정된 장소에서 호흡만 해도 되고,

한 자세로 몸을 리셋해도 좋고,

침대에서 명상을 하는 것만으로도 OK.

Part 1 당신이 늘 피곤한 이유

잠을 자도 피로가 풀리지 않고 쉬어도 쉰 것 같지 않으신가요?

그 원인과 자율신경에 대해 이야기합니다.

Part 2 호흡부터 시작해볼까요?

일상적으로 하면 좋은 기본 호흡과 기분을 안정시키고 싶을 때의 복식 호흡, 기분을 가볍게 리셋할 수 있는 4-7-8 호흡, 이성과 감정의 균형을 조절하는 교호 호흡을 소개하고 있습니다. 단 몇 분이라도 조용히 안정할 수 있는 곳에서 해보세요.

Part 3 편안한 몸을 위한 밤의 요가

몸의 피로를 풀고 수면의 질을 높이는 요가를 배워봅시다. 낮 동안 장시간 앉아 있거나 계속 서 있어야 한다면, 몸의 어딘가에 결림이나 혈액순환에 문제가 발생해 수면의 질을 떨어뜨립니다.

Part 4 평온한 마음을 위한 밤의 요가

요가 니드라는 명상법의 하나로, 니드라는 산스크리트어로 '잠'을 의미합니다. 등을 바닥에 대고 누운 자세로 몸의 각 부분에 의식을 집중하고 호흡의 흐름을 세밀하게 조율합니다.

Part 5 피곤을 줄이는 생활 습관

일상 속에서 쌓인 피로를 풀어내는 생활 습관을 소개합니다. 직접 실천해보면서 자신에게 잘 맞는 것을 선택해보세요.

차례

여는 글 | 잠들기 전, 몸과 마음을 돌보는 시간을 가져볼까요? ·4

이 책의 사용법 ·6

Part 1 | 당신이 늘 피곤한 이유

낮 동안 쌓인 피로는 밤까지 이어집니다 ·16

생활 습관에 따라 체질도 변화합니다 ·19

휴식을 뒤로 미루는 버릇은 몸에 좋지 않아요 ·22

의도적인 휴식 시간을 만들어보세요 ·24

자신의 생활 패턴을 체크해보세요 ·27

하루 한 번, 신경이 쉬는 시간을 만들어봅시다 ·30

몸이 보내는 신호를 모른 척하지 마세요 ·32

몸의 에너지에도 조절이 필요해요 ·35

밤의 휴식을 위한 호흡 연습을 해봅시다 ·37

Part 2 | 호흡부터 시작해볼까요?

평소 자신의 호흡을 관찰해보세요 · 42

몸과 마음을 가다듬는 기본 호흡 · 45

낮 동안 쌓인 긴장을 내보내는 복식 호흡 · 48

편안한 밤을 위한 4-7-8 호흡 · 52

흐트러진 몸과 마음을 바로잡는 교호 호흡 · 56

몸에 좋은 방법으로 스트레스를 해소해보세요 · 60

Part 3 | 편안한 몸을 위한 밤의 요가

수면의 질을 높이는 ZZZ 요가를 익혀봅시다 · 64

ZZZ 요가 준비 · 66

골반 주위의 순환을 높이는 동물 자세 · 68

상반신의 정체를 해소하는 다리 벌리기 자세 · 70

장내 환경을 조절하는 바람 빼기 자세 · 72

엉덩이 주위의 결림을 풀어주는 바늘귀 자세 · 74

전신을 활성화시키는 머리 위로 팔 뻗기 자세 · 76

골반 주위의 긴장 해소에 도움이 되는 나비 자세 · 78

다리를 높이 들어 부종을 빼는 벽에 다리 올리기 자세 · 80

깊이 잠들 수 있게 도와주는 어깨서기 자세 · 82

새우등 완화, 하반신 순환이 좋아지는 다리 자세 · 84

내면의 리프레시를 위한 누워서 비틀기 자세 · 86

머리가 상쾌해지는 벽걸이 자세 · 88

하반신 순환을 좋게 해주는 하이런지 자세 · 90

골반 주위 혈류 개선에 도움이 되는 화환 자세 · 92

기분 좋은 휴식을 위한 강아지 자세 · 94

전신을 릴랙스하고 싶다면 아기 자세 · 96

나의 몸과 마음에 좋은 말을 넣어주세요 · 98

Part 4 | 평온한 마음을 위한 밤의 요가

온종일 긴장했던 심신을 풀어주는 요가 니드라를 익혀봅시다 · 102

1. 시작하기 전 준비 · 107

2. 보디 스캔 · 109

3. 호흡하기 · 114

4. 상상하기 · 118

5. 마음의 소리 속삭이기 · 124

잠자기 전에 마시기 좋은 황금색 라테 · 128

Part 5 | 피곤을 줄이는 생활 습관

편안한 밤, 기분 좋은 아침을 위한 생활 습관을 소개합니다 · 132

아침 습관 1 굿모닝 명상으로 시작하는 하루 · 135

아침 습관 2 아침을 여는 따뜻한 물 한 잔 · 138

아침 습관 3 아침 공기 마시며 심호흡하기 · 141

아침 습관 4 자연의 일부임을 잊지 않기 위해 식물에 물주기 · 144

아침 습관 5 오전 시간 중 틈틈이 몸 움직이기 · 147

점심 습관 1 기분 전환에 도움이 되는 힐링 파우치 · 150

점심 습관 2 하루 중 잠깐이라도 실내에서 벗어나기 · 153

점심 습관 3 바쁜 하루 중 한숨 돌리는 티타임 · 156

점심 습관 4 내 몸에 좋은 간식을 챙기는 습관 · 159

점심 습관 5 느긋한 밤을 위한 모드 전환 · 162

저녁 습관 1 해가 지면 눈에도 휴식을 · 165

저녁 습관 2 가벼운 저녁식사로 아침 에너지를 가볍게 · 168

저녁 습관 3 자신이 좋아하는 것을 하는 시간 만들기 · 171

저녁 습관 4 온종일 고생한 발을 위한 오일 마사지 · 175

저녁 습관 5 감사한 일 3가지 떠올리며 하루 마무리하기 · 177

닫는 글 | 일상의 속도를 조금만 늦추면 행복에 가까워집니다 · 180

Part 1

당신이 늘 피곤한 이유

(

⋮

낮 동안 쌓인 피로는
밤까지 이어집니다

오래전부터 세상만물에는 2가지 성질이 있다고 배워왔습니다. 아침과 점심·저녁과 밤, 하늘·땅, 밝다·어둡다, 태양·달, 활동·휴식 등. 전자의 활발한 이미지를 '양', 조용한 쪽을 '음'이라 분류하게 되었죠. 이것이 음양론의 시작입니다. 음과 양은 짝이 되어 균형을 이루고 있습니다. 음만 있거나 반대로 양만 있다면 세상은 성립하지 않죠.

요즘같은 정보화 사회에 살다 보면 전체적으로 양이 지나치게 강해지고 깨어 있는 시간도 길어 만성적으로 에너지 부족을 겪게 되는 일이 많습니다.

몸에 에너지가 부족해지면 왠지 모르게 내장 상태가 안 좋아지거나 컨디션 난조가 계속되는 등 몸에서 신호를 보내는데, 보통은 육

음과 양은 항상 대립

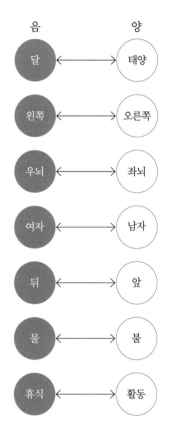

체적으로 피로하면 카페인이나 설탕, 에너지 음료를 섭취해 기분을 달래곤 합니다. 그러다 몸에 이상이 생기면 그제야 병원에 가서 조치를 취하는 경우가 대부분입니다. 스마트폰이나 태블릿은 빼먹지 않고 충전해가며 그리도 신경 쓰면서 자신의 몸은 뒷전으로 여기죠.

에너지 음료도 나쁘진 않지만 임시방편이라는 것을 부정할 수 없습니다. 일상의 활동을 지탱하기 위해서는 평소 몸을 돌보는 자세, 적극적으로 자신을 충전하는 사고방식을 받아들이는 것이 중요하다고 봅니다.

육체적인 피로는 깨어 있는 시간이 길어질수록 쌓여 갑니다. 장시간 앉아서 눈을 사용하는 책상 업무는 현대인의 만성 피로 원인 중 하나입니다. 이 상황이 오래 지속되면 목과 어깨가 결리고 허리에 피로가 쌓이기 쉬워집니다.

한편 정신적인 피로는 쓸데없는 걱정, 쉴 새 없는 생각, 타인의 시선을 지나치게 의식하는 데서 일어납니다. 또한 외부로부터의 자극에 노출되는 시간이 많고 집에 돌아와서는 신경을 자극하는 미디어 시청으로 눈을 쉬게 할 틈이 없는 것도 정신적인 피로와 관계됩니다.

생활 습관에 따라
체질도 변화합니다

인도·스리랑카의 전통의학인 아유르베다Ayurveda에서는 지상에 존재하는 모든 것은 5가지 요소의 조합을 바탕으로 이루어져 있다고 여기고 있습니다. 그 5가지 요소는 공기·바람·불·물·흙입니다. 우리의 몸 또한 5가지 요소의 에너지로 만들어져 있습니다. 요소의 균형은 사람마다 다르게 타고나며 음식과 경험, 연령이나 계절 등의 요인과 함께 그 균형도 변화되어 갑니다.

오자스Ojas라는 선천적인 기는 태어나면서 부모에게 받는 파라 오자스Para ojas와 먹는 것으로 생성되는 아파라 오자스Apara ojas가 있습니다.

이 오자스는 극심한 피로, 먹어가는 나이, 질 나쁜 식생활, 약해지는 위장을 통해 줄어듭니다. 오자스가 줄어들수록 안색이 안 좋아지고 노화가 진행되어 생기 없는 인상으로 변해갑니다. 활동을 과도하게 해도 바람의 요소가 증가해 불안정함이 증가하죠.

아이는 바람의 요소에 비해 물이나 흙의 요소가 많아서 대부분은 푹 잠이 들어서 얕은 수면이라는 게 없습니다. 그에 반해 나이를 먹으면 좀처럼 잠들지 못하고 아침에 일찍 일어나게 되는 등 바람 요소의 경향이 강해지기에 어느 정도는 어쩔 도리가 없습니다.

바람의 요소는 휘익 돌아다니는 공기로, 빠르고 건조하며 차갑고 불안정한 성질을 지녔습니다. 나이를 먹거나 바쁜 생활은 바람의 요소를 증가시키기 마련인데, 그럴 때 수면을 줄이면 한층 더 흐트러져버립니다. 이를 조절해나가기 위해서라도 차분히 앉아 자신의 호흡을 찾고, 자신의 마음에 집중하여 스스로를 진정시킬 시간을 가지면 좋겠죠.

5가지 요소의 특징

(공기) 가볍다, 작다, 부드럽다, 활동적

(바람) 가볍다, 거칠다, 투명하다, 작다

(불) 가볍다, 거칠다, 날카롭다, 뜨겁다

(물) 무겁다, 미끄럽다, 부드럽다, 비활동적

(흙) 무겁다, 거칠다, 단단하다, 비활동적

3가지 성질

(Vata
(바타)
바람+공기)

(Pitta
(피타)
불+물)

(Kapha
(카파)
물+흙)

5가지 요소를 몸에 적용시킨 것이 그림의 3가지 성질입니다.
이 구성 요소에 의해 타고난 체질이 결정됩니다.

휴식을 뒤로 미루는 버릇은
몸에 좋지 않아요

휴식을 계속 뒤로 미루는 노력형은 액셀과 '더 빨리 밟는 액셀', 2 가지 기어뿐이어서 마치 브레이크가 없는 자동차를 운전하는 것과 같습니다. 충분히 노력하고 있으면서도 더 노력해야만 한다고 생각 하거나, 피곤하면 더 안 좋은 생각이 떠올라 내몰리는 경향이 있습 니다. 더구나 불안이 커지면 그 공간을 메우려고 단것을 먹거나 피 곤한 몸을 더 움직여서 녹초가 되고 맙니다.

필요 이상으로 움직이면 그 후의 하강도 큰 법이죠. 움직이는 동 안에 바람의 요소가 높아져 불안이 커지고 쓸쓸해지기도 합니다. 원래 불의 요소가 높은 사람은 바람의 부추김에 짜증이 격화되고, 물의 요소가 높은 사람은 과식이나 집착이 강해집니다.

일시적인 해소도 좋지만 집에서 여유롭게 편안한 시간을 가지면서 자신을 소중하게 돌보는 시간을 만들면 자신의 내면에 충족감이 발생합니다. 내면의 공허함이나 외로움을 안정시키고 마음을 조절하는 것이 제일입니다.

의도적인
휴식 시간을 만들어보세요

풀가동 중인 몸을 쉬게 하는 가장 첫 번째 방법은 수면입니다. 두 번째는 명상. 마음을 본래의 고요함으로 쉬게 하고 무심해지는 시간을 가지는 것입니다. 세 번째는 자신의 가슴이 기뻐할 만한 것을 하는 것. 여행이건 취미건, 자신의 깊은 곳이 충족될 수 있을 만한 시간을 가지는 거죠.

컨디션 불량이나 피로는 나의 몸이 보내는 신호입니다. 대중요법도 좋지만 건강하지 못한 습관을 건강한 습관으로 바꿔나가면 뿌리부터 몸을 관리할 수 있습니다.

여성이라면 월경 중에는 자궁 안의 청소를 하는 때입니다. 새로운 생명을 키울 준비를 하는 중요한 시간으로 여기고 건강관리에 신경 써보세요. 무리하지 않고 되도록 눈과 위장을 쉬게 하도록 주의하며 지냅니다. 몸의 정화뿐만 아니라 감정의 정화도 진행하는 시기죠.

조금만 신경 쓰면 일상 속에서도 부지런히 건강관리 시간을 만들 수 있습니다.

· 몸을 움직이거나 걸으면서 스트레스를 내려놓습니다.
· 지금 스스로의 힘으로는 속수무책인 일에 괴로워하지 않습니다.
· 건강하게 살고 있는 친구를 만나 기운을 얻는 시간을 보냅니다.
· 피로가 가득 차 있는 때일수록 위장을 보호하는 식사와 간식을 신중하게 선택합니다.

자신의 라이프스타일에 맞춰 할 수 있는 일부터 시작해보세요. 많은 것을 단숨에 바꾸려 하면 무리가 따릅니다. 휴식하는 시간을 조금씩 늘리다 보면 마음의 여유도 자연스럽게 생겨납니다.

자신의 생활 패턴을
체크해보세요

앞서 이야기한 정신적인 피로의 원인으로는 불안이나 긴장에서 오는 스트레스가 있습니다. 그 스트레스는 자율신경의 균형에도 영향을 줍니다.

자율신경은 불수의신경不隨意神経이라고 해서, 팔이나 발을 움직이는 신경과는 달리 자신의 의지로 움직일 수가 없습니다. 또한 몸의 각 장기를 활성화시키고 진정시켜 체온 조절 등의 항상성을 유지하는 역할을 합니다.

자율신경 내 교감신경은 양, 태양, 액셀, 활동을 나타냅니다. 부교감신경은 음, 달, 브레이크의 상태로 활동에 대비되는 휴식 및 충전을 나타냅니다.

교감신경이 우위에 있을 때는 싸우거나 도망가거나 할 때를 위해 팔이나 다리에 혈류가 집중되기 쉬워지며, 부교감신경이 우위에 설 때는 소화기나 생식기에 혈류가 집중되기 쉬워집니다.

동양의학에서는 혈액과 에너지, 기운의 상태가 몸을 나타내므로 만성적으로 위장의 상태가 안 좋을 때, 임신이나 생리에 불안정한 요소가 있을 때는 이 음과 양의 균형이 무너졌다고 판단합니다. 태양이 떠 있는 시간에 몸을 움직이고 저녁 이후에 속도를 늦추며 달이 떠 있는 밤에 충분히 쉬도록 하면 본래의 리듬이 회복되어 변비나 과민성대장증후군, 월경전증후군으로 괴로워하는 사람에게는 효과가 있습니다.

반대로 밤 시간에 지나치게 외부 활동을 하는(태양 모드로 보내는) 것은 균형을 쉽게 무너뜨립니다. 본래 달의 에너지를 충전하는 시간, 음을 충족시키기 위한 시간에 태양의 에너지를 소비하고 소모해버리는 것이죠.

태양이 떠 있는 시간에 달의 모드로 지내는 사람은 쉽게 우울해지거나 집에 틀어박히는 경우가 있습니다. 본래 일어나 활동하는 시간인데도 의욕이 일지 않는 상태가 됩니다.

자율신경의 균형

교감신경
· 활동하고 있을 때 · 눈부신 것을 볼 때
· 긴장하고 있을 때 · 음량이 큰 음악을 들을 때
· 스트레스가 있을 때

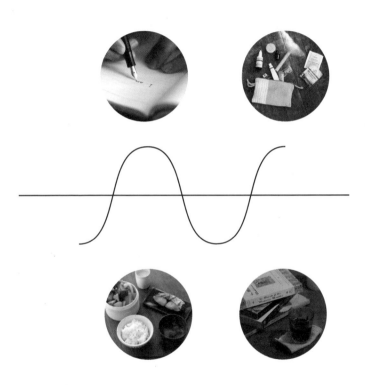

부교감신경
· 휴식을 취하고 있을 때 · 눈을 감고 있을 때
· 자고 있을 때 · 침묵
· 식후

하루 한 번,
신경이 쉬는 시간을 만들어봅시다

역사를 거슬러 올라가보면 본격적인 수렵·채집 생활이 시작되기 이전에는 일상생활 속에서 대자연에 대한 경외심을 품고 생활했습니다. 무성한 풀밭에서 맹수가 나타날지도 모르고 태풍이 올지도 모르기 때문에 늘 이런 위협에 안테나를 세우고 대비해야 살아남을 확률이 높아지니까요.

하지만 옛날 자연계로부터의 위협은 일시적인 것이어서 생각보다 금방 평온한 일상, 평소의 친밀한 인간관계에 기초한 생활로 되돌아갈 수 있었습니다.

그러나 현대에는 걱정의 근원, 교감신경이 켜질 수밖에 없는 요소가 정말로 많은 시대입니다. 지하철을 이용할 때도 인파에 부딪

치지 않도록 조심조심 긴장감을 늦추지 않고 걷습니다. 스마트폰 화면에서도 보고 싶지 않은 뉴스가 무작위로 흘러나옵니다.

잠자기 전에 보면 마음을 어지럽히는 것들. 그래서 더욱 자율신경으로 치우치는 일이 일어나게 되죠. 안심하고 몸과 마음이 쉴 수 있는 편안한 시간을 습관으로 만드는 자세는 일상의 균형을 크게 무너뜨리지 않도록 도움을 줍니다.

교감신경이 올라가지 않게끔 한다거나 항상 평온해야 한다는 말이 아닙니다. 타인과 관계를 맺으며 생존해나가려면, 적극적으로 신경을 쉬게 하는 시간이 꼭 필요합니다. 명상이나 요가, 오일 마사지여도 좋고, 혼자서 멍하니 있는 시간이여도 좋습니다.

몸이 보내는 신호를
모른 척하지 마세요

예전에는 휴식을 위해 무엇을 해야 좋을지 몰랐습니다. 내려놓다, 쉰다는 것에 대해 어떻게 해야 좋을지 몰랐었죠. 시험도 학교생활도 공부도, 열심히 몰두하며 많은 일정을 소화시키는 것이 좋다고 여기며 앞만 보고 살아왔습니다. 하루를 효과적으로 사용하는 것밖에 모른 채 내 몸의 소리에 귀를 기울이는 것과는 동떨어진 생활을 했습니다.

이런저런 이유로 건강이 나빠지게 되자 건강해지고 싶다는 마음으로 요가를 만나게 되었습니다. 처음에는 "쉬세요", "내려놓으세요"라는 말을 들어도 도무지 내 몸을 어떻게 해야 좋을지 알 수가 없었습니다.

다만 1회 수업만으로도 마음이 차분히 안정되었던 것을 분명하게 기억하고 있습니다.

대학 졸업 후에 미국으로 건너가 자연요법과 요가 공부를 하다 보니 제 자신 안에 맑은 감각, 조용하고 안정된 감각이 있음을 실감할 수 있게 되었죠. 외부가 아닌 내면으로부터 신체 감각을 맛보는 것, 자기 스스로 지금 하고 있는 것에 부드럽게 집중하는 자세의 중요성을 느끼고 있습니다.

요가는 몸과 마음, 호흡을 하나로 잇는 것입니다. 좋은 몸의 상태는 좋은 마음 상태로 이어집니다.

몸의 에너지에도
조절이 필요해요

교감신경을 높이는 것만을 우선시하는 생활을 하면 휴식을 취하는 시간이 줄어들게 됩니다. 평소 그다지 중요하지 않은 일에 신경을 쓰거나 타인의 사정을 지나치게 우선시하는 건 그만두세요. 필요 이상으로 무리하는 생활을 반복하지 않았으면 좋겠습니다.

낮에는 태양의 에너지가 지배하는 양의 시간인데, 신경이 너무 높은 곳까지 올라가버리면 밤에 내려오기까지가 여간 힘든 일이 아닙니다. 대낮에도 기본은 평온한 호흡에 주의를 기울이며 신경을 필요 이상으로 긴장시키지 않도록 돌보세요.

냉증, 건조, 신경에 대한 자극과 반응의 성질을 의식하는 것도 도움이 됩니다. 주말 동안 교감신경을 높이는 카페인을 단식하거나,

밤에 느긋하게 욕조에 몸을 담그거나 심신을 차분하게 쉬게 해주는 마사지 등도 신경을 진정시키는 데 도움이 됩니다.

몸을 차게 하는 것 또한 심신을 긴장시키는 요인 중 하나입니다. 추운 계절에 목 부분이 훤히 드러나는 옷이나 발등을 다 드러낸 신발 같은 건 생각 이상으로 몸에 부담이 됩니다. 따뜻하고 부드럽게 피부를 감싸주는 옷을 걸치고 발을 따뜻하게 유지하면 전신에 혈액이 돕니다.

밤의 휴식을 위한
호흡 연습을 해봅시다

해가 진 이후의 시간은 휴식을 취하는 것이 좋습니다. 낮 동안의 바쁜 생활의 습관이 이어져 밤이 되어서도 흥분해 있을 때는 다음과 같은 호흡을 이용한 휴식 연습을 해보세요.

A 복식 호흡

1. 배꼽 아래에 손을 갖다 댑니다.

2. 눈을 감습니다.

3. 처음에는 그저 호흡의 흐름에 주의를 기울입니다.

4. 호흡 소리를 들으며 코로 공기가 드나드는 것을 느낍니다.

5. 호흡이 몸의 어느 부근의 깊이까지 닿는지 관찰합니다.

6. 숨을 들이마시면서 배를 부풀립니다.

7. 숨을 내쉬면서 배를 집어넣습니다.

B 호흡 속도 천천히 하기

1. 자신의 호흡 속도를 자각합니다.

2. 쓸데없는 힘을 빼고 호흡 속도를 늦춰봅니다.

3. 날숨을 들숨보다 길게 합니다.

4. 내쉴 때마다 '천천히 하자.'고 마음속으로 속삭입니다.

C 날숨 헤아리기

1. 숨을 내쉴 때마다 '54321'하고 천천히 헤아립니다.

2. 날숨과 카운트 세기에 집중합니다.

D 긍정적인 말 반복하기

1. 자기 자신에게 마음이 안정되는 말이나 문구, 소리를 선택합니다.

　　예) 고맙다 – Thank You

　　　　열다 – Open

　　　　내려놓다 – Let Go

　　　　조화 – Harmony

　　　　평화 – Peace

'하—', '아—'와 같은 단음

2. 마음의 중심에 주의를 기울이며 숨을 내쉴 때마다 속으로 반복해서
   외칩니다.

Part 2

호흡부터 시작해볼까요?

평소 자신의 호흡을
관찰해보세요

호흡은 자신의 현재 감정 상태를 인지하는 척도로 사용할 수 있습니다. 화가 날 때, 불안할 때는 호흡이 얕거나 거의 멈춰 있는 경우도 있습니다. 행복할 때, 마음이 안정적일 때, 편안히 쉬고 있을 때는 호흡이 깊고 느긋합니다.

호흡은 자신의 마음을 반영하고 있을 뿐만 아니라 자신의 호흡을 변화시킴으로써 감정의 상태나 기분을 바꿀 수 있습니다.

복식 호흡을 몇 번 하는 것만으로도 말단신경의 혈류를 촉진시킬 수 있습니다. 혈액은 양분이나 산소를 말단까지 옮기는 중요한 역할을 지니고 있습니다.

또한 호흡은 자율신경을 조절하는 역할도 합니다. 눈을 감고 천천히 복식 호흡을 하면 긴장이 완화되어 보다 이성적인 판단을 내릴 수 있는 부교감신경을 우위에 둘 수 있습니다.

우리가 스트레스를 느끼면 몸에 힘이 들어가 호흡이 얕아집니다. 교감신경이 우위로 작용해 혈압이 오르고 몸이 투쟁 모드로 전환되죠. 이와 같은 긴장 상태는 아드레날린이나 코르티솔 같은 스트레스 호르몬을 혈류에 넘치게 하여 교감신경이 과도하게 우위에 서게 되어 에너지를 소모시킵니다.

이 스트레스 반응이 일상이 되어버리면 수면의 질도 낮아져 자율신경의 균형이 무너지고 호르몬 균형이 깨져 악순환에 빠지게 됩니다.

이럴 때 호흡이 도움됩니다. 스트레스나 피로를 느끼거나 호흡이 얕은 느낌이 들 때 호흡을 깊게 합니다. 활발했던 교감신경의 활동이 억제되어 자율신경의 균형이 조절됩니다. 하루에 몇 번 해도 괜찮습니다.

이 책에서는 일상적으로 하면 좋은 기본 호흡과 보다 기분을 안정시키고 싶을 때의 복식 호흡, 단시간에 효과를 느낄 수 있는 4-7-8 호흡, 이성과 감정의 균형을 조절하는 교호 호흡까지 4가지의 호흡을 소개하고 있습니다.

이 4가지 호흡은 복식 호흡 및 횡격막 호흡법을 기초로 한 것인데, 부교감신경이 더욱 우위인 상태, 속도가 느린 느긋한 상태로 몸과 마음을 이끌어줍니다.

때와 장소에 구애받지 않으므로 단 몇 분만, 자신이 조용히 안정될 수 있는 곳에서 호흡해보세요.

몸과 마음을 가다듬는
기본 호흡
:

호흡을 조절하는 방법에는 여러 가지가 있는데, 자신이 조용히 안정될 수 있는 곳에서 하는 게 최고입니다. 이때 마음이 성급하거나 제대로 집중하지 못한 상태라면 이 모든 것들이 호흡에 그대로 반영됩니다.

세상의 시간이 지금 여기에 있다는 마음으로 하루 중 1~2분만이라도 자신의 호흡과 천천히 마주해보세요.

1. 편안한 자세로 눈을 감습니다. 호흡을 의식하며 마음을 집중합니다.

2. 코로 드나드는 숨을 관찰합니다. 숨을 길게 쉬어야 한다거나 깊게 쉬어야겠다는 생각은 하지 말고 그저 호흡을 맛봅니다.

3. 코 안쪽의 감각에 집중하며 3회 호흡합니다. 시원하다, 따뜻하다, 매끄럽다, 거슬거슬하다, 건조하다 등.

4. 목 안쪽에 의식을 집중하며 3회 호흡합니다. 매끄럽다, 상쾌하다, 묵직하다, 가볍다 등.

5. 가슴 부근에 의식을 집중하며 3회 호흡합니다. 가라앉다, 부풀다, 가볍다, 무겁다 등.

6. 배와 배꼽 부근에 의식을 집중하며 3회 호흡합니다. 움직임이 작아 알기 어려울 수도 있겠지만, 배 안쪽에 어떤 감각이 퍼지는지 관찰합니다.

7. 전신으로 호흡을 펼친다는 느낌으로 3회 호흡합니다. 상쾌하고 고요한 느낌, 마음이 안정되는 느낌, 뭔지 모르겠다 등, 느끼기 어려워도 괜찮습니다.

낮 동안 쌓인 긴장을 내보내는
복식 호흡
:

횡격막을 사용한 호흡입니다. 긴장하거나 짜증이 날 때는
가슴이나 어깨로 숨을 쉬게 되는데, 복식 호흡을 통해 편안
한 모드로 바꿀 수 있습니다.

1. 배꼽 아래 부분에 손을 갖다 대고 코로 드나드는 숨의 흐름을 그대로 느낍니다.

   배 속에 들어 있는 풍선이 부풀어 오른다는 이미지를 그리며 숨을 들이마십니다. 들숨으로 배가 부풀어 오르는 감각을 느껴보세요.

2. 풍선이 오므라드는 듯한 느낌으로, 코로 숨을 내쉽니다.

   내장을 부드럽게 등으로 당겨 끌어당기듯 의식합니다.

place

의자에 앉아서, 정좌를 하고, 이불 속에서.

times

5~9회(급하게 횟수를 채우지 말고 마음 편하게 느낄 수 있는 범위)를 천천히 정성들여서.

conditions

마음을 안정시키고 싶을 때. 프레젠테이션이나 시험 전 등 교감신경이 우위에 서 있을 때.

숨을 들이마실 때마다
공기가 가득 차오르는 것을 느끼세요.
몸이 풀어지지 않을 때는
눈물이 나올 정도로 하품을 하면
전신이 풀립니다.

편안한 밤을 위한
4 - 7 - 8 호흡

:

불안감을 줄이고 수면의 질을 높이는 효과가 있습니다. '지금 이 순간에 있다'는 감각을 높이고 평온함을 맛보는 호흡입니다.

1. 양손을 무릎 위에 올리고 혀끝을 앞니 뒤쪽에 붙입니다.

   코로 4초간 숨을 들이마셨다가 7초간 숨을 멈춥니다.

2. 입으로 8초간 숨을 끝까지 내쉽니다.

   1, 2를 4라운드 반복합니다.

3. 불안감을 내려놓고 호흡에 집중하면 마음이 고요해지고 편안해집니다.

place
의자에 앉아서, 정좌를 하고, 이불 속에서, 욕조에서.

times
최대 하루에 4회까지. 언제든 가능(호흡 카운트는 자신이 편한 길이로 바꿔도 OK).

conditions
초조한 마음을 안정시키고 싶을 때. 기분 전환을 하고 싶을 때.

흐트러진 몸과 마음을 바로잡는
교호 호흡

:

이성과 감정의 균형을 조절하는 호흡법입니다. 오른쪽 출
입은 태양의 에너지와 좌뇌를, 왼쪽 출입은 달의 에너지와
우뇌를 나타냅니다. 낮 동안에는 일의 효율을 높이고 밤에
는 평온한 수면으로 이끌어주는 호흡입니다.

1. 오른쪽 콧구멍을 가볍게 막고 왼쪽으로 5초간 내쉰 다음, 5초간 들이마십니다.

2. 양쪽 콧구멍을 막고서 5초간 숨을 멈춥니다.

3. 왼쪽 콧구멍을 가볍게 막고서 오른쪽으로 5초간 내쉰 다음, 5초간 들이마십니다.

4. 양쪽 코를 막고 5초간 숨을 멈춥니다. 이것으로 1라운드 종료입니다.

place
의자에 앉아서, 정좌를 하고, 이불 속에서.

times
1~4를 3라운드, 언제든 가능(마음이 편안하다면 조금 길게 해도 OK).

conditions
마음을 안정시키고 평온한 상태로 유지하고 싶을 때.

몸에 좋은 방법으로
스트레스를 해소해보세요

이 책에서 소개하는 호흡과 요가의 소비 칼로리는 그렇게 높지 않습니다.

하지만 천천히 깊은 호흡과 신체 감각에 집중하여 진행함으로써, 낮 동안에 축적된 긴장의 패턴을 내려놓고 건강한 방식으로 스트레스를 해소하는 데 좋습니다.

과도한 스트레스로 폭음이나 폭식을 하여 체중이 늘어나 괴로워하는 사람이 요가를 정기적으로 하면 먹는 양이 줄고 완만하게 체중이 줄 수 있습니다. 또한 요가를 즐기게 되면 자신의 몸의 소리에 귀를 기울이는 것이 능숙해집니다. 내면의 지성이 눈을 떠, 건강한 메뉴를 선택하는 일이 보다 쉬워지고, 자신에게 딱 알맞은 양을 깨달으며, 만족하는 마음이 길러집니다.

낮 동안에도 틈틈이 심호흡이나 '지금 여기에 있다'는 감각에 집중하는 것은 마음의 스트레스를 내보내는 데 도움이 됩니다. 스트레스 수치가 상승하면 일이 끝난 후에도 그것을 해소하기 위해 몸에 좋지 않은 음식을 섭취하게 됩니다. 결과적으로 밤에 잠드는 시간도 늦어져 다음 날 아침까지도 피로가 풀리지 않습니다.

수면 부족이 되면 사람의 몸은 고밀도의 당질과 지방질을 원하게 되고 단백질 섭취량이 줄어든다고 합니다. 식사량도 늘어나는 것을 알 수 있습니다. 콜로라도대학에서 진행된 한 연구에서는 수면이 부족하면 활동량과 에너지 소비량이 변하지 않는 경우에도 체중이 증가한다는 사실이 밝혀졌습니다.

밤에는 마음에도 피로가 축적되어 자제심도 저하되기 쉽습니다. 딱 한 조각만 먹고 그만 먹어야지 했던 쿠키가 한 조각 더, 한 조각만 더……가 됩니다. 가능한한 일찍 자도록 신경 쓰거나, 밤의 요가로 피로를 풀어내는 것은 결과적으로 다이어트에도 도움이 되는 일일지도 모릅니다.

Part 3

편안한 몸을 위한 밤의 요가

수면의 질을 높이는
ZZZ 요가를 익혀봅시다

　요가라는 말을 들으면 건강하고 활발한 인상이 느껴지죠. 햇살이 비추는 곳에서 전사 자세나 유연성이 요구되는 자세를 연습하고 있는 장면을 떠올리는 분도 많을 겁니다.

　하지만 본래의 요가는 마음과 몸을 지금 여기에 연결시키는 것에 도움이 되는 심신 수련 중 하나입니다.

　이 책에서는 수면의 질을 높이는 목적으로 연습하면 도움이 되는 자세를 소개하려고 합니다.

　낮 동안에는 끊임없이 신경을 쓰고 장시간 앉아 있거나 서 있기 쉽습니다. 몸 어딘가에 피로나 결림, 혈액순환 문제가 발생하면 수면의 질이 떨어지는 경우가 있죠. 몸의 결림을 풀고 습관을 리셋하면, 몸과 연결되어 있는 마음도 상쾌하고 평온한 상태가 됩니다.

하루 종일 앉아 있거나 조이는 옷을 입고 일하느라 긴장되어 있던 목과 등의 결림을 완화하고, 의자에 장시간 앉아 있는 골반 주변의 순환을 좋게 하며, 순환이 나빠진 혈류를 개선하는 데 도움이 되는 15가지 자세를 소개하고 있습니다. 신체 내부의 다양한 근육을 사용해 취하는 동작으로 구성되어 있으므로 처음부터 무리하지 않았으면 합니다.

그날의 몸 상태에 따라 하기 쉬운 것, 좋아하는 것을 선택하여 해 보세요. 어떤 자세건 상관없습니다.

ZZZ 요가 준비

방

침실이나 거실, 이불 위에서도 OK. 벽을 사용하는 동작도 소개하고 있으므로 가구 등이 놓여 있지 않은 벽면을 확보해주세요. 조명은 잠자기 전이니 간접조명이나 캔들이 좋겠죠.

복장

실내복이나 잠옷 등 몸을 조이지 않는 움직임이 편한 것이 좋습니다. 입었을 때 편안한 옷을 선택하세요.

있으면 좋은 것

· 타월 ·

자세를 취할 때 몸이 경직되어 뻗기 힘들 때. 스포츠 타월이나 수건 등 길이가 있는 것이 좋습니다.

· 배스 타월이나 요가 매트 ·

마룻바닥 등 딱딱한 곳 위에서 자세를 취할 때. 이불 위에서는 매트를 깔지 않아도 OK.

호흡

복식 호흡으로 자세를 취합니다. 자세를 진행하는 중에는 호흡을 깊게, 편안한 리듬으로 유지하세요.

골반 주위의 순환을 높이는
동물 자세

Start Position
바닥에 몸을 바르게 하고 앉습니다.

⌄
1
오른쪽 발바닥을 왼쪽 무릎에 붙입니다.

양손을 펼쳐 바닥을 짚은 다음,
오른쪽 발바닥을 왼쪽 무릎에 붙입니다.

앞으로 숙이며 비트는 자세입니다. 앞으로 숙여 마음을 안정시키고 척추를 살짝
비틀면 산뜻하게 리프레시됩니다. 하루 종일 힐을 신은 날이나 의자에 오래 앉
아 있은 날, 하루를 마무리하며 릴랙스할 수 있습니다.

2

상반신을 오른쪽으로 비틀어 앞으로 엎드립니다.

상반신을 오른쪽으로 비틀고 왼손을 뻗어 몸을 앞으로 숙이며
가슴의 중심이 오른쪽 무릎으로 압박되도록 조정합니다.
복식 호흡 5회.

3

왼쪽도 같은 방법으로 진행합니다.

· 골반 주위
· 릴랙스

상반신의 정체를 해소하는
다리 벌리기 자세

Start Position
의자를 준비합니다.

‚‚‚‚‚
$\searrow$

1
양다리를 벌려 뻗습니다.

양다리를 벌리고 의자 앞에 앉습니다.
고관절부터 등을 똑바로 유지한 채
앞으로 숙인 다음 이마를 쉬게 합니다.
의자에서 떨어져서 앉을수록
스트레칭 강도가 높아지고
가까울수록 약해집니다.
복식 호흡 5회.

발끝을 세우세요

다리 벌리기로 고관절 주위, 하반신의 순환을 좋게 하며 등의 결림을 풀어 리프
레시시킵니다. 양다리는 기분 좋을 정도로 벌리세요.

Variation

의자 앞에 책상다리를 하고 앉아 왼쪽 다리를 옆으로 뻗습니다.
오른쪽 뒤꿈치는 허벅지에 가까이 댑니다.
의자에 양팔을 두고 이마를 올립니다.
복식 호흡 5회.
오른쪽 다리도 같은 방법으로 진행합니다.

· 고관절
· 등 결림

장내 환경을 조절하는
바람 빼기 자세

Start Position
등을 바닥에 대고 눕습니다.

1
무릎을 끌어안아 배 쪽으로 끌어당깁니다.

양쪽 무릎을 끌어안고서 배 쪽으로 쭉 끌어당깁니다.
동시에 좌골이 들리지 않도록
바닥으로 돌려보내듯 바닥에 붙입니다.
복식 호흡 5회.

내장을 마사지하듯
깊은 호흡을 반복합니다.

허벅지로 배에 압력을 가해 깊은 호흡을 함으로써 소화기능을 높입니다. 고관
절 주위의 혈류가 좋아지고 다리 부종이나 피로도 해소됩니다.

Variation

발목을 교차하여 양손으로 잡고 배 쪽으로 끌어당깁니다.

복식 호흡 5회.

동작이 끝나면 등을 바닥에 대고 누워 몸을 완전히 풀어줍니다.

· 다리
· 장
· 디톡스

엉덩이 주위의 결림을 풀어주는
바늘귀 자세

Start Position
등을 바닥에 대고 누워 양쪽 무릎을 세웁니다.

1
양다리를 들어 올려 한쪽 다리에 걸칩니다.

양다리를 들어 올려 오른쪽 발목을
왼쪽 허벅지 위에 올립니다.

다리를 잡고 있는 모습이 숫자 4를 닮았다는 데서 '4 자세'로도 불립니다. 엉덩이 주위의 긴장을 풀어, 특히 좌골 신경통에 의한 요통이 해소됩니다. 요통이 있는 사람은 매일 하면 좋겠죠. 서 있거나 앉아 있는 자세가 오래 지속될 때, 아기를 장시간 안은 날에도 좋습니다.

2

왼쪽 다리를 왼쪽 어깨 쪽으로 끌어당깁니다.

양손으로 왼쪽 무릎을 잡아 왼쪽 어깨 쪽으로 끌어당깁니다.
오른쪽 무릎은 오른쪽 어깨로부터 멀리합니다.
복식 호흡 5회.

3

반대쪽도 진행합니다.

허리가 흐트러지지 않도록
좌골을 바닥으로 돌려보낸다는 느낌으로.

손이 닿지 않을 때는
수건이나 타월을 사용해도 OK.

· 엉덩이 주위
· 릴랙스

전신을 활성화시키는
머리 위로 팔 뻗기 자세

Start Position
담요 또는 두꺼운 배스 타월을 김밥이처럼 말아 준비합니다.

1
둥글게 만 담요 위에 등을 대고 눕습니다.

둥글게 만 담요를 척추 위쪽, 가슴이 펴지는 흉추 뒤쪽, 견갑골 사이에 둡니다.
양쪽 발바닥을 벽에 붙입니다. 복식 호흡 5회.

하루 종일 앞으로 기운 자세 탓에 함몰된 가슴을 펴서 몸을 중립으로 되돌리는
자세입니다. 팔의 위치를 올려 흉곽을 확장하면 호흡이 쉬워집니다.

2
양팔을 머리 위로 올리고 가슴을 폅니다.

가슴이 펴지도록 양팔을 머리 위로 올립니다. 위를 향해 여러 번 호흡,
왼쪽을 향해 여러 번 호흡, 오른쪽을 향해 여러 번 호흡을 합니다.

· 목, 어깨 결림
· 자세 개선
· 릴랙스

골반 주위의 긴장 해소에 도움이 되는
나비 자세

Start Position
등을 벽에 붙이고 앉아 정수리부터 꼬리뼈까지 곧추세웁니다.

1
양다리를 벌려 발바닥을 붙입니다.

양쪽 발바닥을 붙이고 무릎을 좌우로
뉘인 다음 양손으로 발끝을 끌어안습니다.

양쪽 무릎이 바닥에 붙지 않아도 OK.

허벅지를 크게 벌리는 이 자세는 허벅지 안쪽부터 골반 주위가 스트레칭되어
고관절을 풀어주어 골반 주위의 순환을 좋게 합니다. 책상 업무 등 장시간 앉아
있어 골반 주위가 딱딱해졌을 때나 생리불순에도 도움을 주는 자세입니다.

2
상체를 앞으로 숙입니다.

배에 깊은 호흡이 들어온 것을 확인한 다음
눈을 가볍게 감고 양손을 앞으로 조금씩 짚어나갑니다.
허벅지 안쪽 스트레칭에 적당히 효과가 있는 지점에서 유지.
복식 호흡 5회.

팔꿈치가 붙지 않아도 OK.

깊은 호흡이 골반 안쪽에 퍼진다는 느낌으로.
코로 들이마시고 입으로 길게 내쉬는 것도 좋습니다.

*무릎에 통증이 있을 경우에는 하지 마세요.

· 골반 주위
· 릴랙스

다리를 높이 들어 부종을 빼는
벽에 다리 올리기 자세

1
벽면에 앉습니다.

벽면에 엉덩이를 붙이고 무릎을 굽혀 앉습니다.

벽과의 거리가
가까워야 좋다.

벽을 사용해 다리를 들어 올립니다. 다리의 혈액이 심장 쪽으로 돌아 스트레스 반응을 정지시키는 자세로 심신 안정에 도움을 줍니다.

2

벽에 다리를 붙이고 뻗습니다.

등을 바닥에 붙이고 수직이 되도록
다리를 벽에 기대어 세웁니다.
복식 호흡 5회.

눈 위에 안대를 올리고 길게 유지해도 OK.

· 다리
· 호르몬 균형 조절
· 릴랙스

깊이 잠들 수 있게 도와주는
어깨서기 자세

1

벽에 발을 붙이고 몸을 뻗습니다.

등을 바닥에 대고 무릎을 굽혀
발바닥을 벽에 붙입니다.

눈을 감고 몇 번 호흡을 하세요.

몸을 거꾸로 하면 체내 순환에 도움이 됩니다. 또한 부교감신경을 강하게 우위
에 서게 하여 기분 좋은 잠으로 이어집니다.

* 목에 부담이 가는 동작이므로 경추에 이상이 있는 분, 디스크 증상이 있는 분
은 1번까지만 하세요.

| 원위치 하는 방법 |

왔던 길을 되돌아가듯, 무릎을 굽혀 발바닥을 벽에 붙이고 팔꿈치를 약간 벌려
등, 허리, 엉덩이 순으로 바닥에 가져갑니다.

3

더 뻗을 수 있을 때는

발뒤꿈치를 벽에 붙이고
무릎을 뻗습니다.
눈을 감고 천천히
5회 호흡합니다.

2

하반신을 들어 올립니다.

발바닥을 디디면 허리가 들리므로
양손을 허리에 두르고서 팔꿈치를
바닥에 붙여 지탱합니다.

· 어깨 결림
· 신경 진정
· 혈류 개선
· 릴랙스

새우등 완화, 하반신 순환이 좋아지는
다리 자세

1
등을 바닥에 대고 누워 무릎을 굽힙니다.

등을 바닥에 대고 누워 무릎을 굽힙니다.
양손은 몸 옆에 두세요.

발끝은 정면을 향하게 하고 양쪽 엄지
발가락을 바닥에 디딥니다.

등을 바닥에 대고 누워 허리를 들어 올려 뒤집는 자세로 말단의 냉증이 개선됩니다. 심장보다 높게 다리를 올린 상태에서 몇 번 호흡을 하면 머리에 피가 돌아 몸과 마음이 모두 편안해집니다.

2

만세를 하며 허리를 들어 올립니다.

만세 자세를 하며 가슴을 펴고 들이마시는 숨에 허리를 들어 올립니다.
복식 호흡 5회.

턱을 가볍게 당기고 시선은 배꼽에.
또는 눈을 감고.

자신의 체중을 이용하여 부하를 걸기 때문에
골밀도 감소를 막는 효과도 있습니다.

무릎 바로 아래에 발목이 오도록.

* 동작이 끝나면 등을 바닥에 대고 누워 몸을 완전히 풀어줍니다.

· 고관절
· 생리불순
· 릴랙스

내면의 리프레시를 위한
누워서 비틀기 자세

1
등을 바닥에 대고 누워 무릎을 굽힙니다.

양손을 머리 위로 뻗어 깍지를 낀 뒤 등을 쭉 폅니다.

발끝은 살짝 안쪽을 향해,
허벅지 안쪽에 힘을 줍니다.

척추를 부드럽게 비튼 자세로 평소 책상에 앉아 업무를 하는 사람에게 좋습니다. 몸의 말단에 퍼지는 중추신경을 에워싸는 척추 주위 혈류의 흐름이 좋아집니다. 또한 내장의 신진대사를 촉진시킵니다.

2

등을 폅니다.

양쪽 무릎을 왼쪽으로 뉘입니다. 얼굴은 오른쪽을 향하도록.

3

반대쪽도 진행합니다.

척추가 산뜻하게 리프레시된다는
느낌으로 깊이 호흡합니다.

행주를 짠다는 느낌으로 몸을 비틉니다.

· 골반 주위
· 장
· 디톡스

머리가 상쾌해지는
벽걸이 자세

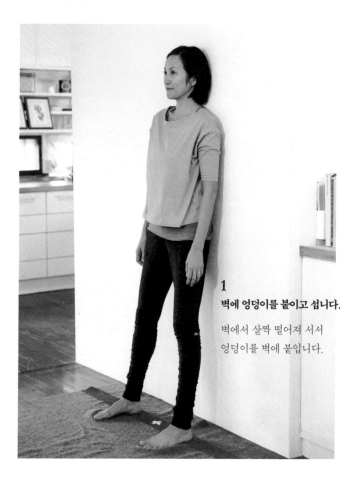

1
벽에 엉덩이를 붙이고 섭니다.

벽에서 살짝 떨어져 서서
엉덩이를 벽에 붙입니다.

'벽에 매달렸다'는 의미의 롤다운 자세입니다. 하반신의 스트레칭과 함께 상반
신을 앞으로 숙임으로써 머리 쪽으로의 혈류가 증가해 진정 효과가 있습니다.

2
상반신을 롤다운합니다.

상반신을 앞으로 천천히 구부리며
숙입니다. 양쪽 팔꿈치를 잡고
상반신은 몸의 힘을 뺀 상태로 유지합니다.

벽으로부터 상반신이 늘어져 있다는
느낌으로. 입으로 '하아' 하고 한숨을
쉬면서 작게 진자처럼 좌우나 앞뒤로
흔들어도 OK.

양손은 가볍게
무릎에 얹습니다.

허벅지, 무릎, 장딴지의 다리 뒤쪽 전
체가 쫙 펴지는 감각을 느껴보세요.
무릎을 살짝 굽혀도 OK.

· 다리 뒤쪽 전체
· 릴랙스

하반신 순환을 좋게 해주는
하이런지 자세

Start Position
양쪽 무릎, 양손을 바닥에 붙입니다.

↓

1
오른쪽 다리를 뻗습니다.

오른쪽 다리를 뒤로 뻗습니다.

꼬리뼈를 아래로 향하도록 하면
효과가 높아집니다.

엉덩이의 높이를 올리면 쉬워지고,
내리면 스트레칭이 심화됩니다.

다리를 앞뒤로 크게 벌려 다리와 연결된 근육을 풀어주고 부종을 없애는 자세
입니다. 하반신의 스트레칭과 함께 혈행 개선에 좋습니다.

2

팔꿈치를 바닥에 붙이고 뻗습니다.

팔꿈치를 바닥에 붙이고 오른쪽 다리를 곧게 뻗습니다.
붙지 않으면 양손바닥을 붙여도 OK.
복식 호흡 5회.

뻗어 있는 몸의 오른쪽을 구석구석 느끼며
호흡합니다.

3

반대쪽도 진행합니다.

· 고관절
· 다리 뒤쪽
· 변비
· 냉증

골반 주위 혈류 개선에 도움이 되는
화환 자세

Start Position
양쪽 무릎을 벌리고 몸을 웅크립니다.

⋮

1
무릎을 벌립니다.

무릎을 어깨너비보다
조금 넓게 벌린 다음
가슴 앞에서 양손을
합장합니다.

시선은 약간 위로.

팔꿈치로 무릎 안쪽을
밀어내어 바깥쪽으로
벌립니다.

스쿼트 자세로 발 주변을 안정시키고 양팔을 앞으로 내미는 자세입니다. 스트
레칭을 할 기회가 적은 발목, 허벅지 안쪽이나 골반 주위를 스트레칭할 수 있습
니다.

2
양팔을 앞으로 뻗습니다.

무릎 사이 중앙으로 팔꿈치를 밀어 넣습니다.
머리를 몸 안으로 넣어 등을 둥글게 구부리고
양팔을 앞으로 곧게 뻗습니다.
1, 2번을 몇 번의 호흡과 함께 반복.

· 골반 주위
· 변비
· 릴랙스

기분 좋은 휴식을 위한
강아지 자세

1
강아지처럼 엎드립니다.

손과 무릎을 바닥에 짚고 기어가는 자세로 엎드립니다.

양손은 어깨너비, 무릎은 허리너비가 표준입니다.

어깨 주위를 기분 좋게 스트레칭 해주는 자세입니다. 등과 어깨의 결림을 풀어주고 온몸이 기분 좋게 편안해집니다.

Variation

이마를 두 손목에 갖다 댄 다음 뻗습니다.
손목 위에 이마를 올려 쉬게 하면
편하게 자세를 취할 수 있습니다.

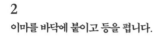

2
이마를 바닥에 붙이고 등을 폅니다.

엉덩이를 들어 올린 채로 손을 앞으로 짚어나갑니다.
이마를 바닥에 붙이고 양팔을 곧게 뻗으며 등을 폅니다.
복식 호흡 5회.

손은 보자기 모양으로 크
게 벌리고서 바닥을 밀어
젖힙니다. 엉덩이는 뒤로
당깁니다.

· 척추
· 어깨 결림
· 자세 개선

전신을 릴랙스하고 싶다면
아기 자세

Start Position
몸을 바르게 하고 앉습니다.

1
앞으로 숙이며 이마를 바닥에 붙입니다.

숨을 내쉬며 상체를 앞으로 숙여 이마를 바닥에 붙입니다.
양손바닥을 위로 향하게 하고서 쉬게 합니다.
원하는 만큼 유지.

호흡의 깊이를 느끼면서 쉽니다.

어깨에 힘을 빼고
이마를 쉬게 합니다.

복압을 이용하여 깊이 호흡할 수 있고 부교감신경에 전원을 켜는 자세입니다.
낮 동안의 긴장을 내려놓고 전신을 릴랙스시켜주세요.

Variation

타월을 말아 배와 허벅지 사이에 끼우고
양팔을 앞으로 쭉 뻗습니다.
원하는 만큼 유지.

· 등 근육 당김, 결림
· 릴랙스

나의 몸과 마음에
좋은 말을 넣어주세요

요가를 시작하기 전, 마음을 가다듬고 스스로에게 긍정적인 말을 마음속으로 3번 외칩니다. 말은 소통수단이자 공기를 진동시키는 파동이며 에너지 그 자체입니다.

누군가와 주고받는 공격적인 대화는 같은 공간을 공유하고 있는 타인의 몸까지 긴장시켜 방어적 태세를 취하게 합니다.

반면에 옹알이를 하는 아기에게는 "귀엽네, 예쁘네"라는 말과 함께 자연스레 긴장이 풀리고 사람들의 얼굴에도 미소가 번집니다.

지금껏 먹어온 음식이 지금의 자신의 몸을 만들었듯, 지금껏 자신이 해온 말, 들어온 말이 자신의 마음에 큰 영향을 미칩니다.

『물은 답을 알고 있다』라는 책에는 물에게 다양한 말과 음악을 들려주고 그것을 현미경으로 관찰한 내용이 담겨 있습니다. "고맙다"는 말을 들려준 물은 아름다운 결정체를, 폭력적인 말을 들려준 물은 슬퍼 보이는 결정체를 만들었습니다.

우리의 몸도 대부분 물로 구성되어 있죠. 건강을 위해 깨끗한 물을 많이 마시는 것이 중요하다는 사실은 잘 알려져 있습니다. 이와 마찬가지로 스스로에게 건네는 혼잣말이나 타인에게 건네는 말이 몸 안에 퍼져 우리에게 큰 영향을 미칠 수도 있습니다.

애정 어린 말은 축복으로 이어지고, 트집을 잡거나 따지는 듯한 말은 저주가 됩니다. 하루를 마무리하면서 "잘했어" 하고 스스로를 응원하거나 아침에 일어나며 "멋진 하루를 보내자!" 하고 외치는 일은 진심으로 나 자신의 삶을 아끼는 생활의 시작이라고 생각합니다.

Part 4

평온한 마음을 위한 밤의 요가

온종일 긴장했던 심신을 풀어주는
요가 니드라를 익혀봅시다

요가 니드라Nidra는 요가의 연습법, 명상법 중 하나로 니드라는 산스크리트어로 '잠'이라는 의미입니다.

등을 바닥에 대고 누운 자세로 몸의 각 부분에 의식을 집중해 호흡의 흐름을 의식화하여 단시간에 깊은 휴식의 효과를 얻을 수 있습니다.

요가 니드라는 주로 요가 스튜디오에서 연습하는 경우가 많으며 요가 자세 연습 후 휴식의 일종으로 진행됩니다. 심신의 관찰, 호흡의 깊이 조절 등을 통해 자신의 내면의 깨달음을 마주하도록 해주어 쓸데없는 잡념을 없앨 수 있습니다.

이 책에서 소개하는 요가 니드라는 긍정적이고 상냥한 말을 자기 자신에게 건네며 마음을 비워나가는 차례로 구성되어 있습니다. 동작 안내 멘트를 자신의 목소리로 스마트폰에 녹음하여 진행하는 것도 좋습니다.

먼저 등을 바닥에 대고 누워(옆으로 누워도 OK) 전신을 릴랙스시킨 뒤 몸의 구석구석을 느낍니다.

다음으로 세심하게 호흡을 조절합니다. 천천히 호흡을 하며 감각과 긴장을 풀고 휴식을 취한 뒤 상칼파(산스크리트어로 각오, 다짐, 맹세, 염원을 의미하는데, 자신이 원하는 것, 자신이 이루고 싶은 것에 대한 굳은 결심 또는 다짐을 뜻한다_옮긴이)를 외치고 일어납니다.

일반적인 수면의 과정은 뇌파가 알파파에서 세타파가 되었다가 델타파로 이동합니다. 피곤하면 순식간에 알파파에서 델타파로 이동해버리죠.

요가 니드라에서는 알파파나 세타파가 흔들거리는 듯한 상태에 있는 것을 연습합니다. 이는 명상의 상태, '여기에 머무르다'로 불리는 상태와 흡사합니다.

현재의식과 잠재의식 사이에서 내면으로부터 조절해나가는 상태에 이를 수 있습니다. 불과 몇 십 분 만에 푹 잤을 때와 같은 상쾌함을 느낄 수 있는 것이지요.

1.

시작하기 전 준비

조용한 장소에서 등을 바닥에 대고 누워보세요.

가볍게 눈을 감고 느긋하게 자연스러운 호흡을 여러 번 합니다.
폐 속을 깨끗하게 비운다는 마음으로 하세요.

오른쪽 다리를 들어 올려 덜덜 흔든 뒤
툭 떨어뜨리며 힘을 뺍니다.

이어서 왼쪽 다리를 들어 올려 덜덜 흔든 뒤
툭 떨어뜨리며 힘을 뺍니다.

양팔을 들어 올려 힘을 빼고서 덜덜 흔든 뒤

양옆으로 툭 떨어뜨리며 힘을 뺍니다.

호흡을 깊이 들이마시고
5초간 숨을 참았다가
입으로 끝까지 내쉰 다음 전신의 힘을 뺍니다.

지금부터 잠의 요가로 불리는 요가 니드라를 연습하겠습니다.
바닥에 누운 채로 설명에 귀를 기울여보세요.

2.

보디 스캔Body scan

이제부터 이름을 부르는 신체 부위에

아름다운 빛이 켜지듯 의식을 부드럽게 집중합니다.

그 부분이 밝게 빛나는 모습을 상상해도 좋고

내면으로부터 편안한 감각이 꽃피는 모습을 상상해도 좋고,

또는 마음속으로 '늘 고마워'라고 외쳐도 좋습니다.

자, 그러면 몸의 오른쪽부터 시작해보죠.

오른손 엄지손가락, 집게손가락, 중지손가락,

약지손가락, 새끼손가락,

오른쪽 손바닥 전체, 손목, 팔꿈치, 오른쪽 어깨,

겨드랑이, 가슴 오른쪽, 오른쪽 옆구리, 배 오른쪽,

오른쪽 허벅지, 오른쪽 무릎, 정강이, 발목, 오른쪽 발등, 발바닥,

발끝으로 가서 오른발 엄지발가락, 집게발가락, 중지발가락,
약지발가락, 새끼발가락.

다음으로 코로 숨을 크게 들이마신 뒤
코나 입으로 하아 하고 날숨을 비우고
편안한 상태를 유지해봅시다.

몸의 왼쪽으로
왼손 엄지손가락, 집게손가락, 중지손가락,
약지손가락, 새끼손가락,
왼쪽 손바닥 전체, 손목, 팔꿈치, 왼쪽 어깨,
겨드랑이, 가슴 왼쪽, 왼쪽 옆구리, 배 왼쪽,
왼쪽 허벅지, 왼쪽 무릎, 정강이, 발목, 왼쪽 발등, 발바닥,
발끝으로 가서 왼발 엄지발가락, 집게발가락, 중지발가락,
약지발가락, 새끼발가락.

다음으로 코로 숨을 크게 들이마신 뒤
코나 입으로 날숨을 끝까지 뱉어내고서

몸의 뒤쪽으로
좌우 발뒤꿈치, 좌우 장딴지, 허벅지 뒤쪽,
엉덩이 주변, 허리, 등,

좌우 어깨부터 팔에 걸쳐, 머리 뒤쪽.

얼굴에 의식을 집중해서

이마 오른쪽, 왼쪽, 이마 한가운데,

눈 주변 근육, 좌우 뺨,

코 오른쪽, 왼쪽, 코끝,

입 주변 근육,

턱의 상하 교합,

뺨 안쪽,

혓바닥과 혀 아래, 혀뿌리부터 혀끝까지.

침을 살짝 삼키고서 목 안쪽,

목 안쪽부터 가슴 한가운데로,

가슴 한가운데부터 명치에 걸쳐,

명치부터 배꼽 주위,

배꼽 주위부터 꼬리뼈 방향으로.

머리 꼭대기부터 양쪽 발끝까지 몸 전체

구석구석 의식을 펼친 채

지금, 조용히 휴식합니다.

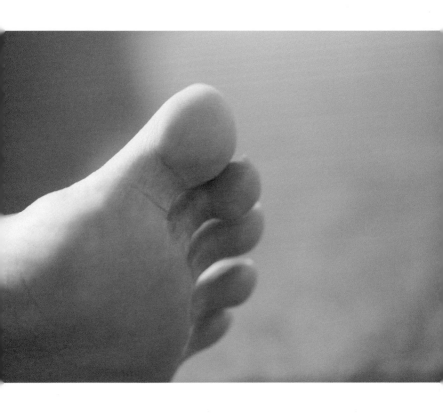

3.

호흡하기

여기서부터는
여유롭고 리듬 있는 호흡을
자신의 속도로 맛보며 나갑니다.

세상의 시간이 지금, 여기에 있다는
관대한 마음으로 깊게
한 호흡 한 호흡 정성들여 하세요.

내쉬는 숨에 집중합니다.

숨을 내쉴 때마다
긴장과 스트레스, 통증이나 짜증이

저 멀리 날아갑니다.

들이마시는 숨에 집중합니다.

숨을 천천히 들이마실 때마다
긴장이 풀어진 몸 구석구석까지
상쾌한 에너지가 가득 차오릅니다.

혹시 컨디션이 좋지 않다고
느껴지는 부분이 있으면
그곳에 호흡을 불어넣어
자신만의 속도로 호흡을 유지합니다.

4.

상상하기

이미지를 이용해 휴식의 감각을
더욱 깊게 해나갑니다.

파도가 일렁이는 해변의 풍경을 떠올려보세요.
아득히 먼 옛날부터 이어지는 음악
밀려왔다 밀려가는 파도소리가 들려옵니다.

들이마시는 숨이 밀려오는 파도,
내쉬는 숨이 밀려가는 파도.

리드미컬하게 밀려오는 파도와
그 파도에 씻기는 모래사장.

청아한 파도가 마음을 적시며

내려놓을 준비가 된 쓰라린 기억이

부드럽게 씻겨 내려갑니다.

후에 남은 것은

반들반들한 거울처럼 매끄러운 모래사장과

투명하게 맑은 마음.

유유자적함과 동시에

조용하고 안정된 감각이 전신을 가득 채웁니다.

5.

마음의 소리 속삭이기

지금의 몸 상태에
퍼져나가는 호흡에
마음속에 머무는 고요한 감각에
의식을 집중합니다.

자신의 상칼파
또는 자신에게 보내는 긍정의 말을
마음속으로 3번 속삭입니다.

자신에게 해주고 싶은 말이 떠오르지 않는 사람은
'나는 과거를 용서하고 자유가 된다' 하고
마음속으로 3번 속삭입니다.

일단 코로 깊게 숨을 들이마셨다가

입으로 큰 한숨을 내뱉듯 하아 하고 숨을 내쉬며

천천히 주먹을 쥐었다 펴듯 조금씩 손끝과 발끝을 움직입니다.

양쪽 무릎을 가슴으로 끌어당겨

여러 번 호흡한 뒤 풉니다.

내면의 고요와 편안한 감각과 함께

좋은 하루 보내시길.

이것으로 요가 니드라를 마치겠습니다.

잠자기 전에
마시기 좋은 황금색 라테

요가 연수로 해외에 나가는 경우가 종종 있습니다. 건강에 예민한 사람들이 모이는 요가 스튜디오 근처에는 건강에 좋은 메뉴를 선보이는 카페가 많습니다. 아침 일찍부터 콜드프레스 주스나 로컬푸드로 식사가 제공되고, 커피도 직접 로스팅한 공정무역 원두를 사용해 유기농우유, 아몬드밀크 등의 옵션이 있어 메뉴 선택이 어려울 정도입니다.

책에서 소개하고 싶은 메뉴는 심황을 사용한 황금색 라테입니다. 심황은 강황으로도 알려진 카레에 빠질 수 없는 황색 향신료입니다. 항산화 작용, 항염증 작용, 혈당 수치를 내리는 작용을 하며 안티에이징에 좋은 슈퍼푸드로 꼽힙니다.

아침 운동 후에 마셔도 좋고 저녁식사 후에 마시는 것도 좋습니다. 카페인이 포함되어 있지 않아 잠자기 전에 마셔도 좋은 미용과 건강에 좋은 음료입니다.

심황 라테

재료(머그컵 한 컵 기준)

· 심황 분말···1/4작은술(손으로 넣는다면 엄지손가락 끝만큼)

· 카다멈(인도의 생강과 향신료_옮긴이) 분말···살짝 뿌릴만큼

· 우유, 두유, 아몬드밀크 등 취향에 맞는 라테용 우유···200ml

· 코코넛버터 또는 기(인도 요리에 사용되는 정제버터_옮긴이)···1큰술

· 비가열 꿀 또는 수수설탕···1큰술

만드는 법

1. 작은 냄비에 우유와 코코넛버터, 심황과 카다멈을 넣고 불을 올린다.

2. 처음에는 중간 불로, 끓기 시작하면 약한 불로 3분 정도 가열한다. 불을 끄고 마실 수 있을 정도의 온도까지 내려가면 꿀을 더해, 거품기로 표면에 모양이 생길 때까지 휘젓는다.

* 심황은 염료로 사용되는 경우도 있을 만큼 색소가 강하기 때문에 색이 물들만한 섬세한 그릇이나 강판, 흰 옷을 입을 때는 주의하세요.

* 불면증이 있다면, 잠자기 전에 한 잔 마시는 것도 추천합니다.

* 이미 위중한 간 기능 장애가 있는 분, 그 이외에도 건강 상태가 불안한 분은 의사와 상담 후 섭취하는 것이 좋습니다.

Part 5

피곤을 줄이는 생활 습관

편안한 밤, 기분 좋은 아침을 위한
생활 습관을 소개합니다

바쁜 생활 속에서도 피로를 가볍게 하고 다음 날로 끌고 가지 않는 것은 매우 중요합니다. 지금부터 제가 평소 실천하고 있는 자연과 자신의 리듬을 일치시켜나가는 생활 습관과 아유르베다를 소개해드리려고 합니다.

아유르베다는 산스크리트어 '아유스(Ayus, 생명)'와 '베다(Veda, 진리)'가 합쳐진 말입니다. 요가나 명상, 오일 마사지, 호흡법, 허브를 사용한 식사요법 등으로 마음과 몸의 건강 유지를 목적으로 하는 예방의학이죠.

지금은 충분히 먹고 쉬면서 일과 육아도 병행하며 일상을 충실히 보내고 있지만, 학창 시절에는 섭식장애와 가벼운 우울증으로 고생

했습니다. 그때 만난 것이 요가와 아유르베다입니다. 삶의 속도를 늦추고 건강하게 지내는 비결을 여러분과 함께 나누고 싶습니다.

아침부터 밤까지의 습관을 전부 실행하기보다는 자신의 생활 패턴에 잘 맞는 것을 선택하여 실행해보세요.

굿모닝 명상으로 시작하는 하루

수면의 질이 안 좋으면 무거운 몸을 겨우 일으키는 듯한 느낌이 들거나, 더 누워 있고 싶어 꾸물거리는 등 아침에 일어나기 힘든 경우가 있습니다. 그럴 때 이불 속에서 오늘 찾아올 하루를 환영하는 시간을 잠시 가져보세요.

누운 상태에서 오늘 아침의 몸 상태에 의식을 집중합니다. 몸이 따뜻하다, 통증이 어디에도 없이 편안하다 등의 컨디션을 확인합니다. 그런 다음 배 위에 손을 올리고 심호흡을 몇 번 반복합니다.

호흡이 퍼져 나감과 함께 '지금 여기에 있다'는 의식을 하게 됩니다. 자신의 내면에 'Hello'의 에너지를 확장시키는 것이지요.

다음으로 자신의 가족이나 그날 만날 예정인 사람을 떠올리면서

에너지를 보내는 것도 좋습니다. 불필요한 고정관념을 없앨 수 있고 상대방과의 긍정적인 관계에도 도움이 되니까요.

이는 미소 명상의 일종으로 굿모닝 명상으로도 불립니다. 하루를 환영하는 상태를 만드는 것, 생긋 웃으며 이불에서 나오면 그날이 매끄러운 음악처럼 흘러갑니다. 이불 속에 있는 시간을 확보할 수 있다면 5분 정도 해주면 좋습니다.

아침을 여는 따뜻한 물 한 잔

백비탕은 아무것도 넣지 않고 끓인 순수한 물을 말합니다. 몸을 정화하고 소독하는 음료로, 아유르베다에서 권장하고 있습니다.

아침에 일어나면 소화관 안쪽에 노폐물이 올라오는데, 그 독소가 떠올라 있는 상태를 백비탕으로 하수관의 오염물을 흘려보내듯 떨어뜨려나갑니다. 그와 동시에 위장이 따뜻해지고 활성화됩니다. 아침 일찍 차가운 음식이나 커피를 마시기 전에 백비탕을 마시면 대사가 활발해집니다. 낮에도 얼음이 든 음료 대신에 백비탕을 마시면 복부를 따뜻하게 하여 마음을 진정시켜줍니다. 쉽게 욱하는 사람, 손발이 잘 차가워지는 사람은 셀프케어로 가볍게 시작할 수 있습니다.

백비탕은 하루에 6잔 정도가 좋다고 합니다. 저는 오후 2시 이후에는 툴시, 민트, 캐모마일 등의 허브티를 마시고 있습니다. 추울 때는 생강차나 매실간장번차 등 몸을 따뜻하게 데워주는 차를 마시기도 합니다.

백비탕을 매번 준비하기 어려운 경우에는 상온의 물로 대신해도 괜찮습니다.

백비탕 만드는 법

1. 주전자에 물을 담아 뚜껑을 닫지 않고 불을 올린다.
2. 물이 끓기 시작하면 펄펄 끓는 채로 몇 분간 계속해서 끓인다.
3. 컵에 옮겨 마실 수 있는 정도까지 온도가 내려가면 마신다.

아침 습관 3

아침 공기 마시며 심호흡하기

아침에 일어나 2시간 이내에 자연광을 쬐면 눈을 통해 빛이 뇌의 시상하부나 뇌하수체, 솔방울샘 등에 흘러들어갑니다. 호르몬(멜라토닌) 분비와 자율신경에 관여된 뇌의 지령 센터에 영향을 미치는 것이죠. 다시 말해 자연광이 스위치가 되어 체내 시계가 재설정되는 것입니다. 그것이 몸이 아침을 인지하는 신호가 되는 것이고요.

불면으로 밤을 지새우거나 피로가 가시지 않는 이유는 불규칙한 라이프스타일이 큰 원인입니다. 과도한 업무, 스마트폰, 텔레비전, 게임…… 제시간에 잠들지 못한 채 시간을 보내는 경우가 많습니다.

솔방울샘은 빛을 감지하고 약 15시간 후에 호르몬 분비가 높아지도록 프로그래밍되어 있습니다. 예를 들어 아침 7시에 일어나 밝

은 빛이 눈에 들어오면 밤 10시에는 멜라토닌이 분비되어 자연스럽게 잠이 오는 거죠. 아침에 베란다에 나가 세탁물을 널 때 심호흡을 하는 등 체내 시계를 설정해서 하루를 시작해보세요.

요가의 관점에서 보면 아침 공기는 신선한 생명의 에너지로 가득 차있습니다. 배기가스가 비교적 적은 공기가 맑은 시간대에 해를 마주보며 심호흡을 해보세요.

제가 살고 있는 곳에서는 산이 보이는 터라 산을 바라보면서 심호흡을 하고 있습니다.

자연의 일부임을 잊지 않기 위해 식물에 물주기

아유르베다와 불교적인 관점에서는 자신보다 약한 사람이나 작은 새, 애완동물에게 은혜를 베푸는 것을 자연의 섭리라고 이야기합니다.

우리는 모든 것의 근원이 되는 지구로부터 물과 음식 등을 얻어 자연의 순환 속에서 살아가고 있습니다.

이 순환과 흐름을 자신의 차례에서 막지 말고, 자신이 줄 수 있는 것은 답례를 한다는 관점을 가지는 것이 좋습니다. 그리고 공유할 기회가 있으면 적극적으로 행동합니다. 이는 자연계의 법칙을 존중하는 자세이기도 합니다.

구체적인 공유의 한 방법으로 가령 아침식사 전에 키우는 식물에

물을 주는 것도 좋겠죠. 주는 행위를 연습하는 시간이라고도 말할 수 있습니다.

만나는 사람에게 싱긋 웃어주거나 타인에게 상처주지 않는 배려를 담은 말을 하도록 노력하는 것도 추천합니다.

오전 시간 중 틈틈이 몸 움직이기

오전 중 이른 시간대나 낮 동안 몸을 움직이면 교감신경이 우위에 서게 되어 하루의 능률이 올라갑니다. 주로 앉아서 생활하는 사람의 경우에는 틈틈이 몸을 움직이는 것이 좋습니다.

지하철역까지 빠른 걸음으로 걷거나 아침에 스포츠센터를 가는 등 심박수를 최대 70%정도까지 유지하며 희미하게 땀이 날 정도의 운동을 하는 것이 좋습니다.

바빠서 시간이 없을 때는 일상 속에서 실천할 수 있는 방법을 찾아보세요. 에스컬레이터 대신에 계단을 이용하는 것도 좋고, 지하철 안에서 발뒤꿈치를 드는 것도 좋습니다. 저는 아이를 공원에서 놀게 할 때 함께 달리기를 하거나 요가를 하기도 합니다.

태양이 떠 있는 낮 동안에는 몸을 움직여 활동하는 시간. 달이 떠 있는 밤에는 느긋하게 쉬는 시간. 이 리듬은 아주 오랜 옛날부터 변함이 없습니다. 수십 년 전까지는 몸을 더 많이 사용하여 움직였으나(움직일 수밖에 없었으나), 지금은 스스로 신경을 쓰지 않으면 좀처럼 몸을 움직이지 않고도 생활이 가능하게 되었습니다.

연령과 함께 근력도 줄어들기 때문에 유산소운동과 근력운동, 스트레칭을 적절히 조합시켜 체력 향상을 도모하세요. 근력이 붙으면 자연스럽게 피로하지 않는 몸이 만들어집니다.

기분 전환에 도움이 되는 힐링 파우치

아침에 일터로 나와 집에 돌아가기까지의 시간, 밖에서 보내는 시간만큼 긴장하는 시간도 길어집니다. 그런 시간 속에서 기분 전환을 해줄 아이템들이 있다면 도움이 되겠죠. 그래서 저는 좋아하는 작은 물건들을 가득 담은 '힐링 파우치'를 늘 가지고 다닙니다.

예를 들면 향기 나는 것, 단것(먹는 것), 크림 등 바르는 것, 마음의 안정에 도움이 되는 것 등. 저는 허브티, 밤Balm, 안약, 목 사탕, 산호칼슘이 함유된 흑설탕, 핸드크림 등을 넣어두고 있습니다. 밤은 건조해진 모발 끝에 바르거나 립크림으로도 사용할 수 있는 멀티 제품으로. 흑설탕은 그대로 맛을 보기도 하고 커피에 넣어 마시기도 합니다.

나만의 힐링 아이템이 있으면 긴장을 완화시키는 데 도움이 됩니다. 일을 하는 시간이 길어지는 만큼, 스스로를 기분 좋게 유지할 수 있는 물건을 어느 정도 마련해두면 가벼운 스트레스 정도는 그때그때 해소할 수 있습니다.

　차를 마시거나, 단것을 집어먹거나, 크림을 바르거나, 향을 맡는 등⋯⋯. 좋아하는 물건, 컨디션을 조절하는 것들을 모아 자신만의 힐링 파우치를 만들어보세요.

하루 중 잠깐이라도 실내에서 벗어나기

울퉁불퉁한 땅 위를 걸을 때 지각기관에 들어오는 데이터의 양은 스포츠센터에서 러닝머신 위을 걸을 때 얻을 수 있는 것보다 훨씬 많습니다. 땅 위를 걸으면 미생물이 올라옵니다. 그 공기는 필터링되어 순환된 공기와는 차원이 다른 생명 에너지를 품고 있습니다.

운동을 하면 뇌의 뉴런이 증가하고 새로운 경험을 쌓을수록 뇌는 가소성을 더합니다. 가능하면 실내 스포츠센터에서만이 아니라 탁 트인 땅 위의 코스를 달려보세요.

아무리 바빠도 시간을 내서 잔디밭 위나 공원을 걸으려고 노력하고 있습니다. 숲 근처를 지나면 기분이 좋아지고, 자연스럽게 계절도 느낄 수 있어 자연과 연결되는 시간을 가질 수 있습니다.

답답한 실내에서 스마트폰만 만지작거릴 시간에 밖으로 나가 몸을 움직여봅시다. 평소 걸어 다니는 길을 바꿔보거나 나무나 숲이 있는 공원에서 잠깐 쉬면서 자연의 에너지를 느껴보세요. 기분 좋게 시간을 보낼 수 있는 공간은 의외로 가까운 곳에 있습니다.

점심 습관 3

바쁜 하루 중 한숨 돌리는 티타임

아유르베다에서는 점심식사를 끝낸 뒤 오후 시간부터는 바람의 요소가 서서히 증가해나간다고 여깁니다. 숨을 죽인 채 오전 내내 달리고, 그 상태 그대로 점심식사 후에도 잔뜩 긴장된 상태로 달리면 종일 상기된 채로 있게 됩니다. 그러다 보면 밤에는 불면에 시달리게 되지요.

해가 기울어갈 무렵에는 달려 나가는 속도를 늦추며 따뜻한 음료와 가벼운 간식으로 한숨을 돌립니다. 주먹밥이나 제철과일, 고구마 말랭이나 견과류 등의 간식을 저녁식사를 하기 전 3~4시 사이에 먹습니다.

점심식사를 하고 나서 심야까지 절식하는 것은 좋지 않습니다.

저녁밥을 늦게 먹을 경우, 자신도 모르게 폭식을 하게 되어버려 몸에도 부담을 주게 됩니다. 먹고 나서 바로 잘 수 없으므로 수면 시간도 짧아지겠죠.

반대로 점심식사를 했는데도 바로 간식을 찾아먹는 등, 오전 내내 계속 먹게 되는 것은 점심식사의 질과 양이 충분하지 않다는 의미겠지요. 점심은 샌드위치와 샐러드, 간식은 스타벅스에서 프라푸치노로 한다면 절약에도 전혀 도움이 되지 않습니다.

태양이 남중하는 점심 무렵은 소화 능력이 가장 높아지는 시간대입니다. 양질의 단백질을 충분히 섭취해 '잘 먹었다'라는 생각이 드는 행복한 식사를 하는 편이 좋습니다.

점심 습관 4

내 몸에 좋은 간식을 챙기는 습관

간식을 먹어야 한다면 이왕이면 몸에 좋고 맛도 좋은 것이면 좋
겠지요. 저는 평소 좋아하는 견과류와 그 외의 것들을 조합해서 저
만의 간식 주머니를 만들었습니다.

견과류는 단백질과 지방질, 철분, 아연 등의 미네랄을 포함하는
양질의 영양 공급원이며, 말린 과일에 함유된 당은 부드러운 단맛
으로 심신을 편안하게 해줍니다.

호두, 아몬드, 땅콩, 해바라기 씨 등의 견과류와 건포도, 무화과,
살구, 곶감, 코코넛, 구기자 열매 등 취향대로. 견과류를 중심으로
하면 말린 과일을 단독으로 먹는 것보다 혈당 수치의 상승을 완만
하게 해줍니다. 바나나칩스나 초콜릿을 넣는 사람도 있습니다.

지퍼 달린 봉투에 담아 들고 다니거나, 예쁜 병에 담아 책상 위에 두어도 좋겠죠. 처리해야 할 업무가 많아 밥을 먹기 힘든 경우에 식사 대신 먹어도 든든합니다.

저는 유기농 논오일의 견과류와 말린 과일을 대량 구입해 작은 봉투에 넣어 들고 다니며 간식 대용으로 애용하고 있습니다.

점심 습관 5

느긋한 밤을 위한 모드 전환

일을 할 때는 보통 '성실히', '빨리', '효율적으로'에 중점으로 두는 경우가 많습니다.

그 모드를 질질 끈 채로 퇴근해서 집안일을 서둘러서 하다 보니 짜증이 나고, "얼른 해!" 하고 업무 관리를 하듯 아이에게 화를 내는 경우가 많았습니다.

몸과 마음의 에너지를 본래의 편안한 속도로 늦추는 것은 가족이나 친구와의 소통을 온화하게 조절하는 데에도 도움이 됩니다.

일을 끝내고 집에 돌아올 때 낮 동안의 모드를 전환하는 방법 중 하나로, 마음 챙김 명상 기술을 사용합니다.

지하철역 주변이나 자동차가 붐비는 도로에서 살짝 벗어난 한가로운 산책길 쪽으로 들어갑니다. 달이 어슴푸레 뜨기 시작한 하늘

을 바라보면서 단 몇 분의 짧은 시간 동안 마음을 비웁니다. 발바닥이 지면에 닿는 감각, 공기가 코를 드나드는 시원한 감각 등을 통해 '지금, 여기'에 의식의 초점을 맞춘 상태로 걷습니다.

하루에 몇 번 하늘과 달을 바라보고, 눈을 감고 마음을 비우는 나름의 전환 의식은 특히나 아이가 어린 지금의 제게는 큰 도움이 되고 있습니다.

저녁 습관 1

해가 지면 눈에도 휴식을

이제는 생활에 없어서는 안 되는 스마트폰. 편리한 생활 도구이기는 하지만 온종일 만지작거리다 보면, 눈이 피로해지고 신경이 흥분된 상태가 지속됩니다.

밤중의 스마트폰 사용으로 수면의 질이 저하된다는 사실은 다양한 연구 결과를 통해 밝혀졌습니다. 스마트폰 화면에서 나오는 블루라이트는 졸음을 일으키는 호르몬인 멜라토닌의 생성을 억제해 버립니다. 또한 잠들기 전에 테러나 범죄 관련 뉴스를 보면 걱정과 공포로 무시무시한 꿈을 꾸기 쉽습니다.

화면을 보고 있는 시간이 길어지면 당연히 잠드는 시간도 늦어지겠죠. 단말기가 옆에 있는 것만으로도 인식과 판단에 걸리는 속도가 늦어진다는 실험 결과도 있습니다.

저 역시 문자의 답장을 기다리다가 궁금함을 못 참고 결국 스마트폰을 보게 되는 경우가 있는데, 잠자기 전에는 스마트폰을 멀리해야 마음 편안하게 있을 수 있습니다.

ON에서 OFF로 전환한다는 의미에서도 집에 돌아오면 반드시 열쇠와 함께 스마트폰도 현관에 두는 게 좋다고 생각합니다.

가벼운 저녁식사로 아침 에너지를 가볍게

아유르베다의 사고방식에서는 하루 식사량의 황금비율을 아침1, 점심3, 저녁2로 하고 있습니다. 낮에는 소화력이 가장 좋은 시간대여서 이때를 메인 식사로 삼아 만족감을 얻을 수 있는 점심식사를 하고 저녁식사는 비교적 가볍게 하기를 권장하고 있죠.

스트레스 가득한 일이 있어 밤에 많이 먹게 되는 경우도 있을 테지만, 식사로 스트레스를 푸는 행위를 반복하면 위장을 피로하게 만들어 쉽게 잠들지 못합니다. 그러면 다음 날 아침에 일어나기도 힘들어집니다. 아침에는 가벼운 에너지 상태여야 상쾌하고 기분 좋은 하루를 시작할 수 있습니다.

집에서 저녁식사를 할 때는 밖에서 먹을 땐 섭취하기 힘든 신선

한 채소를 많이 먹으려고 하고, 찌거나 데치거나 볶는 등의 조리법으로 따뜻한 음식을 먹고 있습니다. 그리고 장내 환경을 조절하는 누룩과 죽으로 직접 만든 생감주를 작은 잔에 마십니다. 그 외에도 김치, 낫토, 절임 음식 등 발효식품을 섭취하도록 노력하고 있습니다.

저녁 습관 3

자신이 좋아하는 것을 하는 시간 만들기

예전에 제가 통역을 담당했던 호주인 요가 강사 주디 선생님이 해주신 말씀을 기억하고 있습니다.

"가오리, 아무리 바빠도 하루에 30분은 자신의 영혼이 기뻐하는 일에 시간을 사용하세요. 한 달에 한 번은 침을 맞거나 마사지를 받으러 가요."

아픈 남편을 간병하며 고령이 된 지금도 요가 지도를 계속하고 있는 선생님으로서 할 수 있는 따뜻한 말이기에 최대한 실천하려 노력하고 있습니다.

해야 하는 일, 하고 싶은 일은 셀 수 없이 많지만 바깥일과 집안일 이외에 제 자신이 즐길 수 있는 일을 합니다. 음악을 틀어놓고 독서를 하거나, 좋아하는 과자와 차를 천천히 즐기는 시간을 갖기도 합니다. 화장실에 읽고 싶은 책을 놔두기도 하고요.

비교적 일찍 잠자리에 들기 때문에 밤에 자신의 시간을 가질 수 없을 때는 가족이 자고 있는 아침 시간을 활용하는 것도 괜찮습니다. 오일 마사지를 하거나 욕조의 물을 데워 느긋하게 목욕을 즐길 수도 있습니다.

자신을 희생하여 쉬지 않고 노력해야 한다는 강박을 내려놓고, 즐거운 일, 좋아하는 일을 하는 시간을 소중히 여겼으면 합니다.
요일별로 작은 즐거움을 쌓아나가면 짜증 나는 일도 다음 날로 끌고 가지 않고 기분 좋은 아침을 맞이할 수 있습니다.

저녁 습관 4

온종일 고생한 발을 위한 오일 마사지

하루가 끝날 무렵에는 피로가 쌓이고 그 피로는 발로 내려옵니다. 몸을 지탱해주는 토대인 발이 딱딱하거나 거칠고 차가운 상태를 아유르베다의 관점에서는 좋게 보지 않습니다.

발바닥은 장기의 축도이자, 급소와 같은 '마르마 포인트(경혈과 비슷한, 우리 몸의 민감한 부위를 일컫는 압박점_옮긴이)'가 많이 있습니다. 몸을 따뜻하게 하는 작용이 있는 참기름(생으로 압착한 것)으로 마르마 포인트를 마사지하여 발을 보살펴주세요.

오일이 신경 쓰인다면 티슈로 닦아내거나 장딴지 쪽까지 펴 발라 마사지를 해주세요. 고무줄이 낡아 헐거운 양말을 신어도 좋습니다.

여름철이나 몸이 잘 달아오르는 사람(갱년기), 불면에 시달리는 사람은 코코넛오일을 사용하는 것도 괜찮을 거예요. 몸의 열을 내리는 작용이 있어 편안하게 잠들 수 있게 해줍니다.

오일 마사지하는 방법

1. 작은 병에 참기름을 넣어둡니다.

2. 참기름을 손바닥에 덜어 비벼서 따뜻하게 열을 낸 뒤 발바닥, 발등, 발목, 발가락, 발가락 사이 순으로 마사지를 합니다.

3. 발바닥에 오일을 문질러 딱딱하고 굳은 부분을 중심으로 부드럽게 주물러서 풀어줍니다.

감사한 일 3가지 떠올리며 하루 마무리하기

이불 속에 들어가 잠이 들 때쯤 오늘 고마웠던 일, 좋았던 일 3가지를 마음속으로 떠올립니다. '오늘도 아이가 건강해서 다행이다', '따뜻한 이불 속에 누울 수 있어 감사하다', '멋진 사람을 만났다', '오늘 마신 차가 정말 맛있었다' 어떤 것이든 좋습니다. 즐거웠던 일을 떠올려도 좋고요. 조금 더 나아가 일기나 수첩에 적는 방법도 있겠죠.

무엇에 마음의 초점을 맞추는가에 따라 보이는 풍경이 바뀝니다. 예를 들어 운전을 하며 푸른색 자동차를 의식하게 되면 푸른색 자동차만 보이게 되고, 임신을 하면 갑자기 여기저기에서 임산부 마크가 눈에 띄거나 자주 임산부를 보게 되는 일이 생길 거예요.

요가적 사고방식에서는 무엇을 마음에 비추는가를 우리가 선택할 수 있고 선택한 것이 현실로 모습을 나타낸다고 이야기합니다.

이루지 못한 것을 반복해서 생각하며 괴로워하지 말고 잠들기 전 오늘 하루 고마웠던 일들을 떠올려 보세요. 분명 좋은 수면으로 이어질 겁니다. 푹 자고 나면 다음 날도 기분 좋은 하루를 시작할 수 있습니다.

일상의 속도를
조금만 늦추면
행복에 가까워집니다

인도 성전에는 인간의 본성은 맑고 깨끗하며
부드럽고 행복하다고 가르치고 있습니다.
하지만 우리는 성장하면서 내면에 이와 같은
행복의 본질이 있다는 사실을 잊어버리고
외부에서 해결책을 찾습니다.

업무 스트레스나 질환 등의 걱정거리,
불안이나 분노와 같은 감정을 반복하며
오로지 성장하기 위해
자신을 몰아치고 고민하느라 시간을 보냅니다.

요가 철학에서는 이 혼란으로부터

괴로움이 생겨난다고 여깁니다.

뒤얽힌 털실 뭉치를 풀어가듯

육체의 부조화를 자세 연습으로 풀고,

마음의 부조화를 호흡법과 명상으로 제거해나갑니다.

이 책에는 호흡법 같은 즉각적으로 편안함을 느낄 수 있는 방법과

몸과 마음의 릴랙스에 초점을 맞춘 요가 동작 같은

매일매일 천천히 동작을 몸에 익히고 해나가면 좋은 방법,

제가 평소에 실천하고 있는 생활 습관을 중심으로

대자연의 리듬과 자신의 생활 패턴을

맞춰나가는 방법을 담았습니다.

"속도를 늦추는 삶의 자세를 의식하며 지내면

스트레스를 가라앉히고

본래의 행복한 상태로

몸과 마음의 상태를 조절할 수 있어요.

왜냐하면 우리의 본질은 행복 그 자체니까요."

오래도록 신세를 진 요가 선생님께 배운 가르침입니다.

이 책을 통해 마음에 들러붙은 '반드시 해야 한다'는

생각을 버리고 일상의 순수한 기쁨을 누리는

시간을 보내셨으면 합니다.

여러분의 삶에도 행복이 채워지기를 바랍니다.

그리고 무엇보다 수많은 책 중에
『밤의 요가』를 선택해 읽어주신 여러분께 고마움을 전합니다.

밤의 요가

초판 1쇄 인쇄 2019년 1월 18일
초판 2쇄 발행 2019년 3월 20일

지은이 신토시마 가오리 **옮긴이** 최윤영
펴낸이 김종길 **펴낸 곳** 글담출판사 **브랜드** 인니고

기획편집 이은지·이경숙·김진희·김보라·김은하·안아람
마케팅 박용철·김상윤 **디자인** 정현주·박경은·손지원 **홍보** 윤수연·김민지 **관리** 박인영

출판등록 1998년 12월 30일 제2013-000314호
주소 (04209) 서울시 마포구 월드컵로8길 41(서교동483-9)
전화 (02) 998-7030 **팩스** (02) 998-7924
페이스북 www.facebook.com/geuldam4u **인스타그램** geuldam
블로그 http://blog.naver.com/geuldam4u

ISBN 979-11-5935-046-7 (03830)
책값은 뒤표지에 있습니다.
잘못된 책은 바꾸어 드립니다.

이 도서의 국립중앙도서관 출판시도서목록(CIP)은 e-CIP 홈페이지(http://www.nl.go.kr/ecip)와 국가자료공동목록시스템(http://www.nl.go.kr/kolisnet)에서 이용하실 수 있습니다.
(CIP 제어번호 : 2019000342)

만든 사람들
책임편집 이은지 **디자인** 박경은 **교정·교열** 박주현

글담출판에서는 참신한 발상, 따뜻한 시선을 가진 원고를 기다리고 있습니다.
원고는 글담출판 블로그와 이메일을 이용해 보내주세요. 여러분의 소중한 경험과 지식을 나누세요.
블로그 http://blog.naver.com/geuldam4u **이메일** geuldam4u@naver.com